COLLECTION FOLIO

Alessandro Baricco

Novecento : pianiste

Un monologue

*Traduction de l'italien et postface
de Françoise Brun*

Gallimard

Titre original :

NOVECENTO. UN MONOLOGO

Écrivain et musicologue, Alessandro Baricco est né à Turin en 1958. Dès 1995, il a été distingué par le prix Médicis Étranger pour son premier roman, *Châteaux de la colère*. Avec *Soie*, il s'est imposé comme l'un des grands écrivains de la nouvelle génération. Il collabore au quotidien *La Repubblica* et enseigne à la Scuola Holden, une école sur les techniques de la narration qu'il a fondée en 1994 avec des amis.

J'ai écrit ce texte pour un comédien, Eugenio Allegri, et un metteur en scène, Gabriele Vacis. Ils en ont fait un spectacle qui a été présenté en juillet de cette année au festival d'Asti. Je ne sais pas si cela suffit pour dire que j'ai écrit un texte de théâtre ; en réalité, j'en doute. À le voir maintenant sous forme de livre, j'ai plutôt l'impression d'un texte qui serait à mi-chemin entre une vraie mise en scène et une histoire à lire à voix haute. Je ne crois pas qu'il y ait un nom pour des textes de ce genre. Peu importe. L'histoire me paraissait belle, et valoir la peine d'être racontée. J'aime bien l'idée que quelqu'un la lira.

Septembre 1994
A. B.

Pour Barbara

Ça arrivait toujours, à un moment ou à un autre, il y en avait un qui levait la tête... et qui la voyait. C'est difficile à expliquer. Je veux dire... on y était plus d'un millier, sur ce bateau, entre les rupins en voyage, et les émigrants, et d'autres gens bizarres, et nous... Et pourtant, il y en avait toujours un, un seul sur tous ceux-là, un seul qui, le premier... la voyait. Un qui était peut-être là en train de manger, ou de se promener, simplement, sur le pont... ou de remonter son pantalon... il levait la tête un instant, il jetait un coup d'œil sur l'Océan... et il la voyait. Alors il s'immobilisait, là, sur place, et son cœur battait à en exploser, et chaque fois, chaque maudite fois, je le jure, il se tournait vers nous, vers le bateau, vers tous les autres, et il criait (*adagio* et *lentissimo*) : l'Amérique. Et

13

puis il restait là, sans bouger, comme s'il devait rentrer dans la photo, avec la tête du type qui se l'est fabriquée tout seul, l'Amérique. Le soir après le boulot, et des fois aussi le dimanche, son beau-frère l'a peut-être un peu aidé, celui qui est maçon, un type bien... au départ il voulait faire juste un truc en contreplaqué, et puis... il s'est laissé entraîner et il a fait l'Amérique...

Celui qui est le premier à voir l'Amérique. Sur chaque bateau il y en a un. Et il ne faut pas croire que c'est le hasard, non... ni même une question de bonne vue, c'est le destin, ça. Ces types-là, depuis toujours, dans leur vie, ils avaient cet instant-là d'écrit. Même tout petits, si tu les regardais dans les yeux, en regardant bien, tu la voyais déjà, l'Amérique, elle était là, prête à bondir, à remonter le long des nerfs ou du sang ou je ne sais quoi, et puis de là au cerveau, puis sur la langue, et puis dans ce cri (*il crie*), L'AMÉRIQUE, elle était déjà là, dans ces yeux, ces yeux d'enfant, déjà là tout entière, l'Amérique.

Là, qui attendait.

Celui qui m'a appris ça, c'est Danny Boodmann T.D. Lemon Novecento, le plus grand pianiste qui ait jamais joué sur l'Océan. Dans les yeux des gens, on voit ce qu'ils verront, pas ce qu'ils ont vu. Il disait ça : ce qu'ils verront.

J'en ai vu, moi, des Amériques... Sept ans sur ce bateau, cinq ou six traversées par an, d'Europe jusqu'en Amérique et retour, toujours à tremper dans l'Océan, quand tu redescendais à terre tu n'arrivais même plus à pisser droit dans les chiottes. Les chiottes, ils ne bougeaient pas, mais toi, tu continuais à te balancer. Parce qu'un bateau, tu peux toujours en descendre : mais de l'Océan, non... J'y suis monté, moi, j'avais dix-sept ans. Et dans la vie, il n'y avait qu'une seule chose qui comptait, pour moi : jouer de la trompette. Alors quand le bruit a couru qu'ils cherchaient des gars pour le paquebot, le *Virginian*, là-bas sur le port, je me suis mis sur les rangs. Avec ma trompette. Janvier 1927. Des musiciens, on en a déjà, me dit le type de la Compagnie. Je sais. Et je me suis mis à jouer. Lui, il est resté là à me fixer, pas un muscle de son visage qui bougeait. Il a attendu que j'aie fini, sans dire un seul mot. Et puis il m'a demandé :

« C'était quoi ?

— Je sais pas. »

Ses yeux se sont mis à briller.

« Quand tu ne sais pas ce que c'est, alors c'est du jazz. »

Puis il a fait un truc bizarre avec la bouche, peut-être un sourire, il avait une dent en or juste là, tellement au milieu qu'on aurait dit qu'il l'avait mise en vitrine pour la vendre.

« Ils en raffolent, de cette musique, là-haut. »

Là-haut, ça voulait dire sur le bateau. Et cette espèce de sourire, ça voulait dire que j'étais engagé.

On jouait trois, quatre fois par jour. D'abord pour les rupins en classe de luxe, ensuite pour ceux des secondes, et de temps en temps on allait voir ces miséreux d'émigrants et on leur jouait quelque chose, mais sans l'uniforme, comme ça nous venait, et quelquefois eux aussi ils jouaient, avec nous. On jouait parce que l'Océan est grand, et qu'il fait peur, on jouait pour que les gens ne sentent pas le temps passer, et qu'ils oublient où ils étaient, et qui ils étaient. On jouait pour les faire danser, parce que si tu danses tu ne meurs pas, et tu te sens Dieu. Et on jouait du ragtime, parce que c'est la musique sur laquelle Dieu danse quand personne ne le regarde.

Sur laquelle Dieu danserait, s'il était nègre.

(Le comédien sort de scène. Commence alors une musique dixie, très gaie et absolument idiote. Le comédien revient sur scène, vêtu d'un élégant uniforme de jazzman de paquebot. À partir de ce moment, il se comporte comme si l'orchestre était, physiquement, sur la scène.)

Ladies and Gentlemen, meine Damen und Herren, Signore e Signori, Mesdames et Messieurs, bienvenue sur ce navire, bienvenue sur cette ville flottante, copie conforme en tous points du *Titanic*, on se calme, on reste assis, le monsieur là-haut touche du bois, je le vois, bienvenue sur l'Océan, donc, et d'ailleurs qu'est-ce que vous faites là ?, c'était un pari, vous aviez les créanciers aux fesses, vous êtes en retard de trente ans sur la ruée vers l'or, vous vouliez visiter le bateau et vous ne vous êtes pas aperçus qu'il était parti, vous étiez juste sortis pour acheter des allumettes, en ce moment votre femme est chez les flics, elle dit pourtant c'était un type bien, tout à fait normal, trente ans de mariage et pas une dispute... Bref, qu'est-ce que vous pouvez bien fiche ici, à trois cents milles de n'importe quel bon dieu de monde et à deux minutes du prochain dégueulis ? Pardonnez-moi, Madame, je plaisantais, ne vous inquiétez pas, ce navire file telle une boule sur le billard de l'Océan, *tchac*, plus que six jours, deux heures et quarante-sept minutes, et *blop*, dans le trou, New Yoooooork !

(Orchestre au premier plan.)

Je ne crois pas qu'il soit nécessaire de vous expliquer que ce navire est, à bien des égards, un bateau extraordinaire, et tout compte fait unique en son genre. Sous le commandement du capitaine Smith, claustrophobe notoire et homme d'une grande sagesse (vous avez sans doute remarqué qu'il dort dans un canot de sauvetage), travaille pour vous une équipe pratiquement unique de professionnels qui, tous, sortent de l'ordinaire : Paul Siezinsky, notre pilote, ancien prêtre polonais, sensitif, pranothérapeute, hélas aveugle... Bill Joung, notre radio, grand joueur d'échecs, manchot, et affligé de bégaiement... notre médecin du bord, le docteur

18

Klausermanspitzwegensdorfentag, pas très pratique en cas d'urgence..., mais surtout :

Monsieur Pardin,

notre chef-cuisinier,

arrivé directement de Paris où il est cependant aussitôt reparti, après avoir constaté de visu que ce navire, par une curieuse circonstance, est totalement dépourvu de cuisines, comme l'avait d'ailleurs finement remarqué monsieur Camembert, cabine 12, qui s'est plaint aujourd'hui d'avoir trouvé son lavabo rempli de mayonnaise, ce qui est surprenant car en général dans les lavabos nous rangeons les tranches de fromage, ceci en raison de la non-existence des cuisines, à laquelle il faut d'ailleurs attribuer l'absence sur ce navire de véritable cuisinier, ce qu'était, sans aucun doute possible, monsieur Pardin, aussitôt reparti pour Paris, d'où il arrivait directement, persuadé de trouver ici des cuisines qui, reconnaissons-le, si l'on s'en tient aux faits, n'y sont pas, et cela en raison d'un amusant oubli de l'homme qui a conçu ce navire, l'éminent ingénieur Camilleri, anorexique de réputation mondiale, auquel je vous demanderai de bien vouloir adresser vos applaudissements les plus chaaaaaaaa-leu-reux...

(Orchestre au premier plan.)

Croyez-moi, des bateaux comme celui-là, vous n'en trouverez pas d'autres : peut-être, en cherchant pendant des années, pourriez-vous retrouver un capitaine claustrophobe, un pilote aveugle, un radio qui bégaye, un docteur au nom imprononçable, tous réunis sur le même navire, et pas de cuisines. Peut-être. Mais ce qui ne vous arrivera plus jamais, ça vous pouvez en jurer, c'est d'être assis là, le cul posé sur dix centimètres de fauteuil au-dessus de plusieurs centaines de mètres cubes d'eau, en plein milieu de l'Océan, avec ce miracle devant vos yeux, cette merveille dans vos oreilles, ce rythme dans vos pieds et, dans votre cœur, le *sound* de l'unique, de l'inimitable, de l'immensément grand ATLANTIC JAZZ BAND !!!!!

(Orchestre au premier plan. Le comédien présente les instrumentistes l'un après l'autre. À chaque nom succède un bref solo.)

À la clarinette, Sam «Sleepy» Washington !
Au banjo, Oscar Delaguerra !
À la trompette, Tim Tooney !

20

Trombone, Jil Jim « Breath » Gallup !

À la guitare, Samuel Hockins !

Et enfin, au piano... Danny Boodmann T.D. Lemon Novecento.

Le plus grand.

(La musique s'interrompt brusquement. Le comédien abandonne son ton de présentateur et, tout en continuant de parler, enlève son uniforme de musicien.)

Il l'était vraiment, le plus grand. Nous, on jouait de la musique, lui c'était autre chose. Lui, il jouait... quelque chose qui n'existait pas avant que lui ne se mette à le jouer, okay ? Quelque chose qui n'existait nulle part. Et quand il quittait son piano, ça n'existait plus... ça n'était plus là, définitivement... Danny Boodmann T.D. Lemon Novecento. La dernière fois que je l'ai vu, il était assis sur une bombe. Sans blague. Il était assis sur une charge de dynamite grosse comme ça. Une longue histoire... Il disait : « Tu n'es pas vraiment fichu, tant qu'il te reste une bonne histoire, et quelqu'un à qui la raconter. » Son histoire, à lui... c'était quelque chose. Il était sa bonne histoire à lui tout seul. Une histoire dingue, à vrai dire, mais belle... Et ce jour-

21

là, assis sur toute cette dynamite, il m'en a fait cadeau. Parce que j'étais son meilleur ami... J'en ai fait, des conneries. On me mettrait la tête en bas que rien ne sortirait de mes poches, même ma trompette, je l'ai vendue, j'ai tout vendu, quoi, mais cette histoire-là... non, cette histoire-là je ne l'ai pas perdue, elle est toujours là, limpide et inexplicable, comme seule la musique pouvait l'être quand elle était jouée, au beau milieu de l'Océan, par le piano magique de Danny Boodmann T.D. Lemon Novecento.

(Le comédien se dirige vers les coulisses. On entend l'orchestre qui recommence à jouer, pour le final. Quand le dernier accord s'éteint, le comédien revient sur scène.)

C'est un marin appelé Danny Boodmann qui l'avait trouvé. Il le trouva un matin, alors que tout le monde était déjà descendu, à Boston, il le trouva dans une boîte en carton. Il devait avoir dans les dix jours, guère plus. Il ne pleurait même pas, il restait là sans faire de bruit, les yeux ouverts, dans sa grande boîte. Quelqu'un l'avait laissé dans la salle de bal des premières classes. Sur le piano. Mais il n'avait pas l'air d'un nouveau-né de première classe. C'est les émigrants qui font ça, en général. Ils accouchent à la sauvette, quelque part sur le pont, et ils laissent le gosse là. Pas qu'ils soient méchants, non. Mais c'est la misère, la misère noire. Un peu comme pour leurs habits... ils montaient à bord avec des pantalons tout rapiécés au cul, chacun avec ses habits qui craquaient de partout, les seuls qu'ils possédaient. Mais à la fin, parce que l'Amérique restera toujours l'Amérique, tu les voyais descendre tous, bien habillés, avec même une cravate, les hommes, et les enfants des genres de chemise blanche... ça, ils savaient y faire. Pendant ces vingt jours de traversée ça coupait, ça cousait, à la fin sur le bateau tu ne retrouvais même plus un rideau, plus un drap, rien : ils s'étaient fait le beau costume, pour l'Amérique. Et à toute la famille. Tu pouvais rien leur dire...

Bref, de temps en temps, il leur arrivait aussi par là-dessus un mouflet, autrement dit une bouche de plus à nourrir, pour un émigrant, et un sacré paquet d'ennuis à l'office de l'immigration. Alors ils le laissaient sur le bateau. En échange des rideaux et des draps, quoi. C'est ce qui avait dû arriver, pour ce mouflet-là. Ils s'étaient fait le raisonnement : si on le laisse sur le piano à queue, dans la salle de bal des premières, peut-être qu'un rupin va le prendre, et qu'il sera heureux toute sa vie. C'était un bon plan. Qui marcha à moitié. Rupin, il ne le fut pas. Mais pianiste, oui. Et le plus grand, je le jure, le plus grand.

Bon, bref. Le vieux Boodmann le trouva là, et chercha quelque chose disant qui il était, mais il ne trouva qu'une inscription, sur le carton de la boîte, imprimée à l'encre bleue : *T.D. Limoni.* Il y avait même une espèce de dessin, avec un citron. Bleu lui aussi. Danny, c'était un nègre de Philadelphie, un géant d'homme, magnifique à voir. Il prit le bébé dans ses bras et lui dit « Hello Lemon ! ». Et quelque chose à l'intérieur de lui se déclencha, quelque chose comme la sensation qu'il était devenu père. Pendant tout le reste de sa vie, il continua à prétendre que T.D., ça voulait dire évidemment *Thanks Danny.* Merci Danny. C'était absurde mais il y croyait. Ce môme, on l'avait laissé là pour lui. Il en était sûr... T.D., *Thanks Danny.* Un jour, quelqu'un lui apporta un journal où il y avait une réclame, et un type avec une tête d'imbécile et des moustaches fines-fines, genre *latin lover*, et un citron gros comme ça dessiné, et ce qu'il y avait d'écrit à côté, c'était : «Tano Damato le roi des citrons, Tano Damato, le citron des rois», avec je ne sais quel certificat ou premier prix ou quoi... Tano Damato... Le vieux Boodmann, il a pas fait un pli. «C'est qui ce pédé?» il a dit. Et il s'est fait donner le journal parce que, à côté de la réclame, il y avait les résultats des courses. Il n'y jouait pas, aux courses : c'étaient les noms des chevaux qui lui plaisaient, seulement ça, c'était une vraie passion, il te disait toujours «écoute celui-là, écoute, il a couru hier, à Cleveland, écoute, ils l'ont appelé *Cherchembrouille*, non mais tu te rends compte? c'est pas Dieu possible! et celui-là? regarde, *Peut Mieux Faire*, c'est pas à crever de rire?», il aimait ça, les noms des chevaux, c'était sa passion, quoi. Lequel avait gagné, il s'en tamponnait complètement. Ce qui lui plaisait, c'était les noms.

Cet enfant-là, il a commencé par lui donner le sien, de nom : Danny Boodmann. La seule vanité qu'il se soit jamais accordée. Puis il a ajouté T.D. Lemon, exactement comme c'était marqué sur la boîte en carton, parce qu'il disait que ça faisait bien d'avoir des lettres au milieu de son nom : «Tous les avocats, ils en ont», confirma Burty Bum, un machiniste qui avait fait de la prison grâce à un avocat qui s'appelait John P.T.K. Wonder. «S'il fait avocat, je le tue», déclara le vieux Boodmann, mais il lui laissa les deux initiales à l'intérieur de son nom, ce qui donna Danny Boodmann T.D. Lemon. C'était un beau nom. Ils se l'étudièrent un peu, en se le répétant à voix basse, le vieux Danny et les autres, en bas, dans la salle des machines, mais les machines éteintes, tout ça trempant dans l'eau du port de Boston. «Un beau nom, finit par dire le vieux Boodmann, mais il lui manque quelque chose. Il lui manque un grand final.» C'était vrai. Il lui manquait un grand final. «On a qu'à ajouter mardi, dit Sam Stull, qui était serveur. Tu l'as trouvé un mardi, t'as qu'à l'appeler Mardi.» Danny y réfléchit un peu. Puis il sourit. «C'est une bonne idée, Sam. Je l'ai trouvé la première année de ce foutu nouveau siècle, non ? : on va l'appeler *Novecento*, Mille-neuf-cents. — *Novecento* ? — *Novecento*. Mille-neuf-cents. — Mais c'est un chiffre ! — *C'était* un chiffre : à partir de maintenant, c'est un nom.» Danny Boodmann T.D. Lemon Novecento. C'est parfait. C'est magnifique. Un sacré grand nom, Christ, vraiment, un grand nom. Il ira loin, avec un nom comme ça. Ils se penchèrent sur la boîte en carton. Danny Boodmann T.D. Lemon Novecento les regarda et sourit : ils en restèrent babas : ils n'auraient jamais cru qu'un môme aussi petit puisse faire autant de merde.

Danny Boodmann resta encore marin pendant huit ans, deux mois et onze jours. Puis, pendant une tempête, au beau milieu de l'Océan, il se prit en plein dos une poulie devenue folle. Il mit trois jours à mourir. Il était tout cassé à l'intérieur, impossible de le réparer. Novecento était un gamin, à l'époque. Il s'assit à côté du lit de Danny, et il n'en bougea plus. Il avait une pile de vieux journaux, et il passa ces trois jours, en se donnant un mal de chien, à lire au vieux Danny, qui était en train de casser sa pipe, tous les résultats des courses qu'il trouvait. Il mettait les lettres ensemble, comme Danny lui avait appris, le doigt posé sur le papier du journal, les yeux qui ne s'en détachaient pas un instant. Il ne lisait pas vite, mais il lisait. C'est ainsi que le vieux Danny mourut sur la septième course de Chicago, remportée de deux longueurs par *Eau Potable* sur *Minestrone*, et de cinq sur *Fond de Teint Bleu*. Il faut dire qu'en entendant ces noms-là, il n'avait pas pu s'empêcher de rire et, en riant, il passa l'arme à gauche. On l'enveloppa dans une grande toile, et on le rendit à l'Océan. Sur la toile, à la peinture rouge, le capitaine écrivit : *Thanks Danny*.

Et c'est ainsi que, brusquement, Novecento devint orphelin pour la seconde fois. Il avait huit ans, et derrière lui déjà une cinquantaine d'allers-retours Europe-Amérique. Sa maison, c'était l'Océan. Quant à la terre, eh bien, il n'y avait jamais posé le pied. Il l'avait aperçue, bien sûr, depuis les ports. Mais y descendre, jamais. Il faut dire que Danny avait peur qu'on le lui prenne, avec les histoires de papiers et de visas, ce genre de choses. Si bien qu'à chaque fois, Novecento, lui, il restait à bord et puis, au bout d'un certain temps, on repartait. À dire précisément, Novecento, pour le monde, il n'existait même pas : pas une ville, pas une paroisse, pas un hôpital, pas une prison, pas une équipe de base-ball où son nom soit marqué quelque part. Il n'avait pas de patrie, il n'avait pas de date de

28

naissance, il n'avait pas de famille. Il avait huit ans : mais officiellement il n'était pas né.

« Ça ne pourra pas continuer longtemps cette histoire », disaient quelquefois les autres à Danny. « Et en plus, c'est contre la loi. » Mais Danny avait une réponse qui faisait pas un pli : « Au cul la loi », il disait. On ne peut plus réellement discuter, à partir de là.

À l'arrivée à Southampton, à la fin de la traversée pendant laquelle Danny était mort, le capitaine décida qu'il était temps de mettre fin à cette plaisanterie. Il convoqua les autorités portuaires et demanda à son second d'aller chercher Novecento. Eh bien, jamais le second ne put le trouver. Ils le cherchèrent dans tout le bateau, pendant deux jours. Rien. Il avait disparu. Cette histoire, personne ne la digérait vraiment, parce qu'ils s'y étaient habitués, à ce gamin, finalement, sur le *Virginian*, et personne n'osait en parler mais... c'est vite fait, de se jeter du haut de la rambarde et... la mer, elle fait ce qu'elle veut, et... Si bien qu'ils avaient tous la mort dans l'âme quand le bateau est reparti vingt-deux jours plus tard pour Rio de Janeiro sans que Novecento soit réapparu, et sans aucune nouvelle de lui... Comme chaque fois, au moment du départ, les serpentins, les sirènes, les feux d'artifice, mais cette fois-là c'était différent, ils perdaient Novecento, et c'était pour toujours, quelque chose leur grignotait le sourire, à eux tous, ça les mordait à l'intérieur.

La seconde nuit de la traversée, alors qu'on ne voyait même plus les lumières de la côte irlandaise, Barry, le maître d'équipage, entra comme un fou dans la cabine du commandant et le réveilla, en disant qu'il fallait absolument qu'il vienne voir. Le commandant jura, mais alla voir.

Salle de bal des premières.

Lumières éteintes.

Silhouettes en pyjama, debout, à l'entrée. Passagers tirés de leurs cabines.

Et aussi des marins, et trois gars tout noirs montés de la salle des machines, et même Truman, le radio.

Silencieux, tous, à regarder.

Novecento.

Il était assis sur le tabouret du piano, les jambes pendantes, elles ne touchaient même pas le sol.

Et,

aussi vrai que Dieu est vrai,

il était en train de jouer.

(Commence une musique enregistrée pour piano, plutôt simple, lente, séduisante.)

Il jouait je ne sais quelle diable de musique, petite, mais... belle. Pas de trucage, c'était vraiment lui qui jouait, c'étaient ses mains à lui, sur ce clavier, Dieu sait comment. Et il fallait entendre ce qui en sortait. Il y avait une dame, en robe de chambre, rose, avec des espèces de pinces dans les cheveux... le genre bourrée de fric, si vous voyez ce que je veux dire, une Américaine mariée avec un assureur... eh bien, elle avait de grosses larmes, ça coulait sur sa crème de nuit, elle regardait et elle pleurait, elle ne pouvait plus s'arrêter. Quand elle vit le commandant à côté d'elle, bouillant de surprise, mais bouillant, littéralement, quand elle le vit à côté d'elle, avec un reniflement, la grosse dame riche, je veux dire, elle montra le piano et en reniflant, elle demanda :

« S'appelle comment ?

— Novecento.

— Pas la chanson, le petit garçon.

— Novecento.

— Comme la chanson ? »

C'était le genre de conversation qu'un commandant de marine peut difficilement poursuivre au-delà des quatre ou cinq premières répliques. Surtout quand il vient de découvrir qu'un gosse qu'on croyait mort non seulement était vivant mais avait entre-temps appris à jouer du piano. Il planta là la grosse dame riche avec ses larmes et tutti quanti, et traversa toute la salle d'un pas décidé : en pantalon de pyjama et veste d'uniforme déboutonnée. Il ne s'arrêta qu'arrivé près du piano. Il y en avait beaucoup, des choses qu'il aurait voulu dire à cet instant-là, entre autres : « Où t'as appris, bordel ? », et aussi « Où diable est-ce que t'étais fourré ? ». Mais, comme beaucoup d'hommes habitués à vivre en uniforme, il avait fini par penser également en uniforme. C'est pourquoi il dit :

« Novecento, tout ceci est absolument contraire au règlement. »

Novecento s'arrêta de jouer. C'était un petit garçon qui parlait peu mais apprenait vite. Avec douceur, il regarda le commandant, et il lui dit :

« Au cul le règlement. »

(On entend en audio des bruits de tempête.)

L'Océan s'est réveillé / l'Océan a déraillé / l'eau explose dans le ciel / elle explose / elle dégringole / arrache les nuages au vent et les étoiles / il est furieux l'Océan / il se déchaîne / mais jusqu'à quand / personne ne sait / un jour entier / ça finira par s'arrêter / maman ce truc-là maman / tu ne me l'avais pas dit / dors mon enfant / c'est la berceuse de l'Océan / l'Océan qui te berce / tu parles qu'il me berce / il est furieux l'Océan / partout / l'écume / et le cauchemar / il est fou l'Océan / aussi loin qu'on peut voir / tout est noir / de grands murs noirs / qui déboulent / et tous là tous / la gueule ouverte / en attendant / que ça s'arrête / qu'on coule à pic / je veux pas maman / je veux l'eau qui repose / l'eau qui reflète / arrête-moi / ces murailles / absurdes / ces murailles d'eau / qui dégringolent / et tout ce bruit /
je reveux l'eau que tu connais
je reveux la mer
le silence
la lumière
et les poissons volants

dessus
qui volent.

Première traversée, première tempête. La
poisse. J'avais même pas eu le temps de comprendre où j'étais que je me retrouvais dans un
des grains les plus terribles de l'histoire du *Virginian*. En pleine nuit, il a eu les boules et hop,
il a tout envoyé promener. L'Océan. À croire
que ça ne s'arrêterait jamais. Le type qui est sur
un bateau pour jouer de la trompette, on ne
peut pas dire qu'il soit d'une grande utilité
quand l'ouragan arrive. Il peut juste éviter de
jouer de la trompette, histoire de ne pas com-
pliquer les choses. Et puis rester sur sa cou-
chette, bien tranquille. Mais moi, je ne pouvais
pas. T'as beau essayer de penser à autre chose,
tu es sûr que tôt ou tard ces mots vont venir se
vriller dans ton crâne : fait comme un rat. Je ne
voulais pas crever comme un rat, alors je suis
sorti de ma cabine et j'ai commencé à errer de-
ci, de-là. Je ne savais même pas où aller, ça faisait quatre jours seulement que j'étais sur ce
bateau, déjà pas mal si je retrouvais le chemin
des toilettes. C'est des vraies villes flottantes, ces
machins. Sans blague. Bref, ça n'a pas fait un

pli, à force de me cogner dans tous les coins et de prendre des couloirs au hasard, comme ça se présentait, j'ai fini par me perdre. Bon. J'étais fichu, cette fois. Et c'est à ce moment-là qu'est arrivé un type, tout élégant, habillé de noir, et qui marchait tranquillement, pas du tout l'air d'être perdu, on aurait dit qu'il n'entendait même pas les vagues, comme s'il était à Nice sur la Promenade des Anglais : ce type-là, c'était Novecento.

Il avait vingt-sept ans, à l'époque, mais il paraissait plus âgé. Je le connaissais à peine : on avait joué ensemble dans l'orchestre, pendant ces quatre jours, mais c'était tout. Je ne savais même pas où était sa cabine. Bien sûr, les autres m'avaient un peu parlé de lui. Ils racontaient des drôles de choses : ils disaient : Novecento, il est jamais descendu. Il est né sur le bateau, et depuis, il y est resté. Toujours. Vingt-sept ans sans mettre pied à terre, jamais. Dit comme ça, ça avait tout l'air d'une craque monumentale... Ils disaient aussi qu'il jouait une musique qui n'existait pas. Moi, ce que je savais, c'était que chaque fois qu'on s'apprêtait à jouer, dans la salle de bal, Fritz Hermann, un Blanc qui ne comprenait rien à la musique mais qui avait une belle gueule, c'est pour ça d'ailleurs qu'il diri-geait l'orchestre, s'approchait de lui et lui disait tout bas :

« Novecento, s'il te plaît, que les notes nor-males, d'accord ? »

Novecento faisait oui de la tête et il jouait les notes normales, en regardant fixement devant lui, jamais un regard pour ses mains, comme s'il était complètement ailleurs. Maintenant je le sais, qu'il y était, ailleurs. Mais à l'époque je le savais pas : je le trouvais un peu bizarre, c'est tout.

Cette nuit-là, au beau milieu de la tempête, avec cet air de grand seigneur en vacances, il me vit là, égaré dans un couloir quelconque avec la tête du type qui est mort, il me regarda, il me sourit, et il me dit : « Viens. »

Eh bien, quand un gars qui est sur un bateau pour jouer de la trompette rencontre au beau milieu d'un ouragan un gars qui lui dit « Viens », le gars qui joue de la trompette, il n'a qu'une seule chose à faire : il y va. J'y allai donc. Lui, il marchait. Moi... moi, c'était un peu différent. Je n'avais pas une aussi belle allure, mais bon... on finit par arriver jusqu'à la salle de bal, et puis, ballottés de-ci, de-là, enfin, surtout moi, parce que lui, on aurait dit qu'il avait des rails sous les pieds, on arrive près du piano. Personne aux environs. Il faisait presque noir, juste quelques petites lueurs ici ou là. Novecento me montra les pieds du piano.

« Enlève les cales », il me dit. Le bateau dansait que c'en était un plaisir, tu tenais à peine debout, et ça n'avait aucun sens de débloquer ces roulettes.

« Si tu as confiance en moi, enlève-les. »

Il est fou ce type, j'ai pensé. Et je les ai enlevées.

« Maintenant viens t'asseoir ici », me dit alors Novecento.

Je ne comprenais pas ce qu'il voulait faire, vraiment je n'y comprenais rien. J'étais là, à tenir ce piano qui commençait à glisser comme un énorme savon noir... C'était une situation de merde, je vous jure, dans la tempête jusqu'au cou et avec ce dingue, en plus, assis sur son tabouret — autre fichu savon — et ses mains, immobiles, sur le clavier.

« Si tu ne t'assieds pas maintenant, tu ne t'assiéras jamais », dit le dingue en souriant. (*Il monte sur une sorte de portant, entre la balançoire et le trapèze.*) « Okay. Tant qu'à être dans la merde, autant sauter à pieds joints, non ? qu'est-ce qu'on en a à foutre, je m'y assois, okay, sur ton connard de tabouret, ça y est, j'y suis, et maintenant ?

— Et maintenant, n'aie pas peur. »

Et il commença à jouer.

(Commence une musique pour piano solo. C'est une sorte de danse, de valse, légère et douce. Le portant commence à se déplacer, faisant tourner le comédien autour de la scène. À mesure que le comédien progresse dans son récit, le mouvement se fait de plus en plus ample, jusqu'à frôler les coulisses.)

À présent, personne n'est obligé de le croire, et pour être exact, je n'y croirais pas moi-même si on me le racontait, mais la vérité vraie c'est que ce piano commença à glisser, sur le parquet de la salle de bal, et nous derrière lui, avec Novecento qui jouait, sans détacher son regard des touches, il avait l'air ailleurs, et le piano suivait les vagues, il s'en allait d'un côté, revenait de l'autre, puis tournait sur lui-même, et filait droit sur les baies vitrées, puis, à un cheveu de la vitre, il s'arrêtait et recommençait à glisser doucement dans l'autre sens, je veux dire, c'était comme si l'Océan le berçait, et nous avec, moi j'y comprenais rien, et Novecento, lui, il jouait, il continuait à jouer, et c'était clair que ce piano, il se contentait pas de *jouer* dessus mais qu'il le *conduisait*, vous comprenez?, avec les touches, avec les notes, je sais pas avec quoi, mais il le conduisait où il voulait, ce piano, c'était absurde mais n'empêche. Et pendant qu'on voltigeait entre les tables, en frôlant les lampadaires et les fauteuils, j'ai compris, à ce moment-là, que ce qu'on faisait, ce qu'on était en train de faire, c'était danser avec l'Océan, nous et lui, des danseurs fous, et parfaits, emportés dans une valse lente, sur le parquet doré de la nuit. Oh yes.

(Il commence à voltiger amplement à travers toute la scène, sur son portant, avec un air de bonheur, pendant que l'Océan devient fou, que le navire danse, et que la musique du piano dicte une sorte de valse qui, à travers différents effets sonores, accélère, freine, tourne, bref « conduit » le grand bal. Puis, après la énième acrobatie, par suite d'une fausse manœuvre, il se retrouve, sur sa lancée, derrière les coulisses. La musique tente de

« freiner », mais il est trop tard. Le comédien a juste le temps de crier

    « Oh Christ... »

et il disparaît par la coulisse, heurtant quelque chose. On entend un grand fracas, comme s'il avait cassé une baie vitrée, une table de bar, un salon, quelque chose. Grand boucan. Instant de pause et de silence. Puis, par la même coulisse que celle par laquelle il avait disparu, le comédien revient, lentement.)

Novecento m'expliqua qu'il fallait encore le perfectionner, ce truc. Et je lui répondis qu'en fait il s'agissait seulement d'enregistrer les freins. Quand la tempête fut terminée, le commandant nous dit (*avec animation et en criant*) «NOM D'UN DIABLE TOUS LES DEUX VOUS DESCENDEZ ILLICO DANS LA SALLE DES MACHINES ET VOUS Y RESTEZ SINON JE VOUS TUE DE MES PROPRES MAINS ET QUE CE SOIT BIEN CLAIR VOUS PAIEREZ TOUT, JUSQU'AU DERNIER CENTIME, MÊME SI VOUS DEVEZ TRAVAILLER TOUTE VOTRE VIE, AUSSI VRAI QUE CE BATEAU s'appelle le *VIRGINIAN* et que vous êtes les deux plus grands imbéciles qui aient jamais traversé l'océan!»

Et c'est là, cette nuit-là, dans la salle des machines, que Novecento et moi on est devenus amis. À la vie à la mort. Pour toujours. Notre temps passa à calculer ce que ça pouvait faire en dollars, tout ce qu'on avait cassé. Et plus ça chiffrait, plus on riait. Quand j'y repense, je crois bien que c'était ça, être heureux. Ou ça y ressemblait.

Ce fut cette nuit-là que je lui demandai si elle était vraie, cette histoire, l'histoire de lui et du bateau, qu'il était né dessus, quoi, et tout le reste... si c'était vrai qu'il n'était jamais descendu. Et il me répondit :

«Oui.

— Mais vrai *vraiment*?»

Il était très sérieux.

«Vrai vraiment.»

Et je ne sais pas mais, à ce moment-là, ce que j'ai senti en moi pendant un instant, sans le vouloir, et sans savoir pourquoi, ça a été un frisson : et c'était un frisson de peur.

De peur.

Un jour, j'ai demandé à Novecento à quoi

41

diable il pensait quand il jouait, et ce qu'il regardait, les yeux toujours droit devant lui, où il s'en allait, finalement, dans sa tête, pendant que ses mains se promenaient toutes seules sur les touches. Et il m'a répondu : « Aujourd'hui je suis allé dans un pays très beau, les femmes avaient des cheveux parfumés, il y avait de la lumière partout et c'était plein de tigres. »

Il voyageait, quoi.

Et chaque fois il allait dans un endroit différent : en plein centre de Londres, dans un train au milieu de la campagne, sur une montagne si haute que la neige t'arrivait à la taille, ou dans la plus grande église du monde, à compter les colonnes et regarder les crucifix bien en face. Il voyageait. Le plus difficile à comprendre, c'était comment il pouvait savoir à quoi ça ressemblait, une église, et la neige, et les tigres et… je veux dire, il n'en était jamais descendu, de ce bateau, pas une seule fois, c'était pas une blague, c'était absolument vrai. Jamais descendu, pas une fois. Et toutes ces choses-là, pourtant, c'était comme s'il les avait vues. Novecento, tu lui disais « Une fois j'ai été à Paris », et il te demandait si tu avais vu les jardins de machin-truc, ou si tu avais dîné à tel endroit, il savait tout, il te disait : « Ce que j'aime, là-bas, c'est attendre le coucher du soleil en me baladant sur le Pont-Neuf, et quand les péniches passent, m'arrêter et les regarder d'en haut, et leur faire un signe de la main.

— Mais tu y es déjà allé, à Paris, Novecento ?

— Non.

— Alors...

— C'est-à-dire... si.

— Comment ça, si ?

— Paris. »

Tu pouvais te dire qu'il était fou. Mais ce n'était pas si simple. Quand un type te raconte avec une précision absolue quelle odeur il y a sur Bertham Street, l'été, quand la pluie vient juste de s'arrêter, tu ne peux pas te dire qu'il est fou pour la seule et stupide raison qu'il n'est jamais allé sur Bertham Street. Lui, dans les yeux de quelqu'un, dans les paroles de quelqu'un, cet air-là, l'air de Bertham Street, il l'avait respiré, vraiment. À sa manière : mais vraiment. Le monde, il ne l'avait peut-être jamais vu. Mais ça faisait vingt-sept ans que le monde y passait, sur ce bateau : et ça faisait vingt-sept ans que Novecento, sur ce bateau, le guettait. Et lui volait son âme.

Il avait du génie pour ça, il faut le dire. Il

savait écouter. Et il savait lire. Pas les livres, ça tout le monde peut, lui, ce qu'il savait lire, c'était les gens. Les signes que les gens emportent avec eux : les endroits, les bruits, les odeurs, leur terre, leur histoire... écrite sur eux, du début à la fin. Et lui, il la lisait, et avec un soin infini, il cataloguait, il répertoriait, il classait... Chaque jour, il ajoutait un petit quelque chose à cette carte immense qui se dessinait peu à peu dans sa tête, une immense carte, la carte du monde, du monde tout entier, d'un bout jusqu'à l'autre, des villes gigantesques et des comptoirs de bar, des longs fleuves et de petites flaques, et des avions, et des lions, une carte gigantesque. Et ensuite il voyageait dessus, comme un dieu, pendant que ses doigts se promenaient sur les touches en caressant les courbes d'un ragtime.

(Commence en audio un ragtime mélancolique.)

Il m'a fallu des années, mais j'ai fini un jour par prendre mon courage à deux mains et je lui ai posé la question. Nom de Dieu, Novecento, pourquoi est-ce que tu ne descends jamais, même une fois, rien qu'une, pourquoi est-ce que tu ne vas pas le voir, le monde, de tes yeux, de tes propres yeux. Pourquoi est-ce que tu restes dans cette prison flottante, quand tu pourrais être sur ton Pont-Neuf à regarder les péniches et le reste, tu pourrais faire ce que tu veux, tu joues du piano comme un dieu, ils seraient tous dingues de toi, tu te ferais un paquet de fric, tu pourrais te choisir la plus belle maison qui soit, tu pourrais même t'en faire une en forme de bateau, qu'est-ce que ça peut faire?, mais tu la mettrais où tu veux, au milieu des tigres, par exemple, ou sur Bertham Street... nom de Dieu tu ne peux pas continuer toute ta vie à traverser dans les deux sens comme un con... t'es pas un con, tu es grand, et le monde est là, il y a juste cette foutue passerelle à descendre, qu'est-ce que c'est, juste quelques petites marches de rien mais il y a tout, nom de Dieu, au bout de ces quelques marches, il y a tout. Pourquoi tu continues, au lieu de descendre de ce machin, au moins une fois, rien qu'une.

Novecento... Pourquoi tu ne descends pas?
Pourquoi?

Pourquoi?

Ce fut durant l'été, l'été de 1931, que Jelly Roll Morton monta sur le *Virginian*. Tout habillé de blanc, jusqu'au chapeau. Et avec un diamant comme ça au doigt.

Lui, c'était un type, quand il faisait des concerts, il écrivait sur les affiches : ce soir, Jelly Roll Morton, l'inventeur du jazz. Ce n'était pas juste une manière de dire : il en était convaincu : l'inventeur du jazz. Il jouait du piano. Toujours un peu assis de trois quarts, et avec deux mains comme des papillons. Ultra-légères. Il avait commencé dans les bordels, à La Nouvelle-Orléans, c'est là qu'il avait appris à effleurer les touches et caresser les notes : à l'étage au-dessus les gens faisaient l'amour, et ils voulaient pas entendre du bastringue. Eux, ils voulaient une musique qui sache se glisser derrière les tentures et sous les lits, sans déranger. Lui, il leur jouait cette musique-là. Et pour ça, vraiment, il était le meilleur.

Un jour, quelque part, il entendit parler de Novecento. Quelqu'un dut lui dire un truc dans le genre : celui-là, c'est le plus grand. Le plus grand pianiste du monde. Ça peut paraître absurde, mais ça aurait très bien pu arriver. Il n'avait jamais joué une seule note en dehors du *Virginian*, Novecento, mais pourtant, à sa manière, c'était un personnage célèbre, en ce temps-là, une petite légende. Ceux qui descendaient du bateau parlaient d'une musique bizarre, et d'un pianiste, on aurait dit qu'il avait quatre mains tellement il jouait de notes. De drôles d'histoires circulaient, quelques-unes vraies, parfois, comme celle du sénateur américain Wilson qui avait fait tout le voyage en troisième classe parce que c'était là que Novecento jouait quand il ne jouait pas les notes normales mais les siennes, qui ne l'étaient pas, normales. Il y avait un piano, là en bas, et Novecento y allait l'après-midi, ou tard dans la nuit. D'abord, il écoutait : il demandait aux gens de lui chanter les chansons qu'ils connaissaient, parfois quelqu'un prenait une guitare, ou un harmonica, n'importe quoi, et se mettait à jouer, des musiques venues d'on ne sait où... Et Novecento écoutait. Puis il commençait à effleurer les touches, pendant que les autres chantaient ou jouaient, il effleurait les touches et petit à petit ça devenait une vraie musique, des sons sortaient du piano — un piano droit, noir — et c'étaient des sons de l'autre monde.

Il y avait tout, là-dedans : toutes les musiques de la terre réunies ensemble. À en rester baba. Et il resta baba, le sénateur Wilson, d'entendre ça, sans même parler qu'il était en troisième classe, lui tout élégant au milieu de cette puanteur, parce que c'était une véritable puanteur, sans même en parler, donc, ils ont été obligés de le descendre de force, à l'arrivée, parce que lui, sinon, il restait là-haut à écouter Novecento pendant tout le reste des foutues années qu'il avait encore à vivre. Sans blague. C'était marqué sur le journal, mais c'était vraiment vrai. Ça s'est passé comme ça, réellement.

Bref, quelqu'un alla trouver Jelly Roll Morton et lui dit : il y a un type, sur ce bateau, au piano il fait ce qu'il veut. S'il a envie, il joue du jazz, mais s'il n'a pas envie, il te joue un truc, c'est comme vingt jazz à la fois. Jelly Roll Morton avait un fichu caractère, tout le monde le savait. Il dit : « Et il ferait comment pour savoir jouer, un type qu'a même pas assez de couilles pour descendre d'un foutu bateau ? » Et le voilà parti à rire, comme un malade, lui, l'inventeur du jazz. Les choses auraient pu en rester là, sauf qu'un gars a ajouté : « Tu fais bien de rire, parce que ce type-là, le jour où il des-

cend, tu repars jouer dans les bordels, aussi vrai
que Dieu est vrai, dans les bordels. » Jelly Roll
s'arrêta de rire, il sortit de sa poche un petit pis-
tolet à crosse de nacre, le pointa sur la tête du
gars qui avait parlé, mais ne tira pas ; et lui dit :
« Il est où, ce foutu bateau ? »

Son idée, c'était un duel. Ça se faisait, à
l'époque. Les gars se défiaient à coups de mor-
ceaux de bravoure, et à la fin, il y en avait un
qui gagnait. Des histoires de musiciens. Pas de
sang, mais un sacré paquet de haine, une haine
vraie, à fleur de peau. Musique, et alcool. Ça
pouvait durer toute la nuit, quelquefois. C'était
son idée, à Jelly Roll Morton, pour en finir une
fois pour toutes avec cette histoire de pianiste
sur l'Océan, toutes ces blagues. En finir, une
bonne fois. Le problème, c'était que Novecento,
lui, ne jouait jamais dans les ports, et ne voulait
pas y jouer. Un port, c'est déjà un peu la terre,
et ça ne lui plaisait pas, à lui. Il jouait où ça lui
plaisait. Et ce qui lui plaisait, c'était le milieu de
la mer, quand la terre n'est déjà plus que des
lumières au loin, ou un souvenir, ou un espoir.
Il était comme ça. Jelly Roll Morton jura tant
qu'il put mais finit par payer de sa poche un
billet aller-retour pour l'Europe et monta sur le

Virginian, lui qui n'avait jamais mis les pieds sur un bateau sauf ceux qui descendent le Mississippi. « C'est la chose la plus stupide que j'aie jamais faite de toute ma vie », déclara-t-il, entre deux jurons, aux journalistes qui allèrent lui dire au revoir, sur le quai 14, dans le port de Boston. Puis il s'enferma dans sa cabine et attendit que la terre devienne des lumières au loin, et un souvenir, et un espoir.

On ne peut pas dire que Novecento s'intéressait beaucoup à cette histoire. D'ailleurs, il ne comprenait pas vraiment. Un duel ? Et pourquoi ? Mais ça l'intriguait. Il avait bien envie d'entendre comment diable il pouvait jouer, l'inventeur du jazz. Il ne disait pas ça pour plaisanter, il y croyait vraiment : que Jelly Roll était l'inventeur du jazz. À mon avis, il se disait qu'il allait apprendre quelque chose. Quelque chose de nouveau. Il était comme ça, Novecento. Un peu comme le vieux Danny : il avait aucun sens de la compétition, ça lui était complètement égal de savoir qui gagnait : c'était le reste qui l'étonnait. Tout le reste.

À 21 h 37, le deuxième jour de navigation, avec le *Virginian* lancé à vingt nœuds sur sa route vers l'Europe, Jelly Roll Morton se présenta dans la salle de bal des premières classes, extrêmement élégant, tout habillé de noir. Chacun savait exactement ce qu'il avait à faire. Les danseurs s'immobilisèrent, nous, à l'orchestre, on posa nos instruments, le barman servit un whisky, les gens firent silence. Jelly Roll prit le whisky, s'approcha du piano et regarda Novecento dans les yeux. Il ne dit rien, mais on entendit : « Bouge-toi. »

Novecento se bougea.

« Vous êtes celui qui a inventé le jazz, c'est ça ?

— Ouais. Et toi t'es celui qui peut pas jouer sans l'Océan sous les fesses, c'est ça ?

— Ouais. »

Les présentations étaient faites. Jelly Roll s'alluma une cigarette, la posa en équilibre sur le bord du piano, s'assit, et commença à jouer. Ragtime. Mais comme une chose qu'on n'aurait jamais entendue avant. Il ne jouait pas, il glissait. C'était comme une combinaison de soie qui glisserait doucement le long du corps d'une femme, mais en dansant. Il y avait tous les bordels de l'Amérique dans cette musique, mais les bordels de luxe, ceux où même les filles du vestiaire sont belles. Jelly Roll termina en brodant de petites notes invisibles, tout là-haut là-haut, à la fin du clavier, comme une petite cascade de perles tombant sur un sol de marbre. La cigarette était toujours là, à moitié consumée, mais avec la cendre encore tout accrochée. Comme si elle avait préféré ne pas tomber, pour ne pas faire de bruit. Jelly Roll prit la cigarette au bout des doigts, il avait des mains c'étaient des papillons, comme j'ai dit, il prit la cigarette et la cendre resta accrochée, elle ne voulait toujours pas tomber, peut-être qu'il y avait un truc, je n'en sais rien, mais en tout cas elle ne tombait pas. Il se leva, l'inventeur du jazz, il s'approcha de Novecento, lui mit sa cigarette sous le nez, avec sa jolie cendre bien droite, et lui dit :

« À ton tour, marin. »

Novecento sourit. Il s'amusait bien. Sans blague. Il s'assit au piano et fit la chose la plus stupide qu'il pouvait faire. Il joua *Reviens mon petit canard*, une chanson d'une imbécillité sans fin, un truc de mômes, il l'avait entendu chanter par un émigrant des années auparavant et ça ne lui était plus sorti de la tête, il l'aimait vraiment, cette chanson, je ne sais pas ce qu'il lui trouvait mais il l'aimait, il la trouvait terriblement émouvante. Évidemment, c'était difficile d'appeler ça un morceau de bravoure. Même moi j'aurais pu la jouer, c'est dire. Il joua ça avec un peu d'effets de basses, et un écho quelque part, en rajoutant deux-trois fioritures à lui, mais bon, c'était une chanson stupide et ça l'est resté. Jelly Roll faisait la tête du type à qui on a volé tous ses cadeaux de Noël. Avec deux yeux de loup, il foudroya Novecento et se rassit au piano. Il envoya un blues à faire pleurer un mécano allemand, tu aurais dit qu'il y avait tout le coton de tous les nègres du monde là-dedans, et que lui, il était en train de le ramasser, avec ces notes-là. Un truc à y laisser ton âme. Tout le monde se leva : ça reniflait, ça applaudissait. Jelly Roll n'esquissa même pas un salut, rien, on voyait qu'il en avait déjà plein les couilles de toute cette histoire.

C'était à Novecento de jouer. Ça partait mal, déjà, parce que en s'asseyant au piano il avait deux larmes grosses comme ça dans les yeux, à cause du blues, il était ému, et ça se comprend. La seule chose absurde, ce fut qu'avec toute cette musique qu'il avait dans la tête et dans les mains, qu'est-ce qu'il se met à jouer ? Le blues qu'il venait d'entendre. « C'était tellement beau », dit-il ensuite, le lendemain, pour se justifier, vous pensez. Il n'avait absolument pas la moindre idée de ce que c'est qu'un duel, mais pas la moindre. Il joua donc ce blues. Et en plus, dans sa tête, ça s'était transformé en une succession d'accords très lents, à la suite les uns des autres, en procession, un ennui mortel. Lui, il jouait tout recroquevillé sur le clavier, en les dégustant l'un après l'autre, ces accords, des accords bizarres, d'ailleurs, des trucs dissonants, mais lui, il les dégustait vraiment. Les autres, un peu moins. Quand il eut fini, on entendit même quelques sifflets.

Ce fut alors que Jelly Roll Morton perdit définitivement patience. Il ne se dirigea pas vers le piano, il se jeta dessus. Entre ses dents, mais de manière à ce que tout le monde comprenne bien, il siffla quelques mots, très clairs.

« Et maintenant va te faire mettre, connard. »

Puis il commença à jouer. Mais ce n'est pas jouer, le mot. Un jongleur. Un acrobate. Tout ce qu'il est possible de faire avec un clavier de quatre-vingt-huit notes, il le fit. À une vitesse hallucinante. Sans se tromper d'une seule note, sans bouger un seul muscle de son visage. Ce n'était même plus de la musique : c'était de la prestidigitation, c'était de la magie, carrément.

C'était extraordinaire, rien à dire. Extraordinaire. Les gens devinrent fous. Ils criaient, ils applaudissaient, ils n'avaient jamais vu un truc pareil. Ça faisait un boucan, tu te serais cru le jour de la Fête Nationale. Et dans tout ce boucan, je me retrouve avec Novecento qui me regardait : il avait l'air le plus déçu du monde. Un peu étonné, même. Il me regarda et il me dit :

«Mais il est complètement con, ce type...»

Je ne lui répondis rien. Il n'y avait rien à répondre. Il se pencha vers moi et il me dit :

«Donne-moi une cigarette, tiens...»

J'étais tellement ahuri que j'en ai pris une et je lui ai donnée. Je veux dire : il ne fumait pas, Novecento. Il n'avait jamais fumé jusque-là. Il prit la cigarette, pivota sur ses talons et alla s'asseoir au piano. Il leur fallut un peu de temps pour comprendre, dans la salle, qu'il s'était assis, et que si ça se trouve il voulait peut-être même jouer. On entendit deux ou trois plaisanteries lourdes, et des rires, quelques sifflets, les gens sont comme ça, méchants avec ceux qui perdent. Novecento attendit patiemment qu'il se fasse une sorte de silence, autour de lui. Puis il lança un regard à Jelly Roll, qui était là-bas au bar, debout, en train de boire une coupe de champagne, et il dit tout bas :

« Tu l'auras voulu, pianiste de merde. »

Puis il posa ma cigarette sur le bord du piano.

Éteinte.

Et il commença.

(Part en audio un morceau d'une virtuosité folle, peut-être joué à quatre mains. Il ne dure pas plus de trente secondes. Il se termine par une charge d'accords fortissimo. Le comédien attend que le morceau soit fini, puis il reprend.)

Bon.

Le public avala tout ça sans respirer. En apnée. Les yeux vissés sur le piano et la bouche ouverte, comme de parfaits imbéciles. Et ils restèrent là, sans rien dire, complètement éberlués, même après cette dernière charge meurtrière d'accords, qui avait l'air d'être jouée à cinquante mains, on aurait cru que le piano allait exploser. Et dans ce silence de folie, Novecento se leva, prit ma cigarette, se pencha un peu vers le piano, par-dessus le clavier, et approcha la cigarette des cordes.

Un grésillement léger.

Il s'écarta, et la cigarette était allumée.

Je le jure.

Bel et bien allumée.

Novecento la tenait à la main comme une petite bougie. Il ne fumait pas, et il ne savait même pas la tenir entre ses doigts. Il fit quelques pas et arriva devant Jelly Roll Morton. Il lui tendit la cigarette.

«Fume-la, toi. Moi, je ne sais pas fumer.»

Ce fut à ce moment-là que les gens se réveillèrent du sortilège. Et ce fut alors une apothéose de cris et d'applaudissements, un boucan énorme, je ne sais pas mais on n'avait jamais vu ça, tout le monde qui hurlait, qui voulait toucher Novecento, le bordel généralisé, on n'y comprenait plus rien. Mais moi je le voyais, Jelly Roll Morton, au milieu de tout ça, qui fumait nerveusement cette maudite cigarette et qui cherchait quelle tête faire, sans la trouver, sans même savoir où poser ses yeux, et à un moment sa main de papillon se mit à trembler, mais à trembler vraiment, je la voyais trembler, je n'oublierai jamais, elle tremblait tellement qu'à un moment la cendre se détacha de la cigarette et tomba, d'abord sur le bel habit noir puis, doucement, sur le soulier de droite, un soulier vernis noir, brillant, cette cendre comme un crachat blanc, et lui, il regardait ça, je m'en souviens encore, il regarda le soulier, le vernis et la cendre, et il comprit, il comprit ce qu'il y avait à comprendre, et il tourna les talons et, marchant doucement, posant un pied après l'autre, doucement, pour que cette cendre ne bouge pas, il traversa la grande salle et disparut, lui et ses souliers vernis noirs, avec dessus ce crachat blanc qu'il emportait avec lui, et ce qu'il y avait d'écrit, là, c'était que quelqu'un avait gagné et ce n'était pas lui.

Jelly Roll Morton passa le reste du voyage enfermé dans sa cabine. À l'arrivée à Southampton, il descendit du *Virginian*. Le lendemain, il repartit pour l'Amérique. Mais sur un autre bateau. Il ne voulait plus entendre parler de Novecento ni du reste. Il voulait rentrer, point.

Accoudé à la rambarde, sur le pont des troisièmes classes, Novecento le vit descendre, avec son beau costume blanc et toutes ses valises, de belles valises en cuir clair. Et je me souviens qu'il dit seulement :

« Et au cul aussi le jazz. »

Liverpool New York Liverpool Rio de Janeiro Boston Cork Lisbonne Santiago du Chili Rio de Janeiro Antilles New York Liverpool Boston Liverpool Hambourg New York Hambourg New York Gênes Floride Rio de Janeiro Floride New York Gênes Lisbonne Rio de Janeiro Liverpool Rio de Janeiro Liverpool New York Cork Cherbourg Vancouver Cherbourg Cork Boston Liverpool Rio de Janeiro New York Liverpool Santiago du Chili New York Liverpool Océan, plein milieu. C'est là, à ce moment-là, que le tableau se décrocha.

Moi, cette histoire des tableaux, ça m'a toujours fait une drôle d'impression. Ils restent accrochés pendant des années et tout à coup, sans que rien se soit passé, j'ai bien dit rien, *vlam*, ils tombent. Ils sont là accrochés à leur clou, personne ne leur fait rien, et eux, à un moment donné, *vlam*, ils tombent, comme des pierres. Dans le silence le plus total, sans rien qui bouge autour, pas une mouche qui vole, et eux : *vlam*. Sans la moindre raison. Pourquoi à ce moment-là et pas à un autre ? On ne sait pas. *Vlam*. Qu'est-ce qui est arrivé à ce clou pour que tout à coup il décide qu'il n'en peut plus? Aurait-il donc une âme, lui aussi, le pauvre malheureux? Peut-il décider quelque chose? Ça faisait longtemps qu'ils en parlaient, le tableau et lui, ils hésitaient encore un peu, ils en discutaient tous les soirs, depuis des années, et puis finalement ils se sont décidés pour une date, une heure, une minute, une seconde, maintenant, *vlam*. Ou alors ils le savaient depuis le début, tous les deux, ils avaient tout combiné entre eux, bon t'oublie pas que dans sept ans je lâche tout, t'inquiète pas, pour moi c'est bon, alors d'accord pour le 13 mai, d'accord, vers six heures, ah j'aimerais mieux six heures moins le quart, d'accord, allez bonne nuit, bonne nuit. Sept ans plus tard, 13 mai, six heures moins le quart : *vlam*. Incompréhensible. C'est une de ces choses, il faut pas trop y penser, sinon tu sors de là, t'es fou. Quand le tableau se décroche. Quand tu te réveilles un matin à côté d'elle et que tu ne l'aimes plus. Quand tu ouvres le journal et tu lis que la guerre a éclaté. Quand tu vois un train et tu te dis «je me tire». Quand tu te regardes dans la glace et tu comprends que tu es vieux. Quand Novecento, sur l'Océan, plein milieu, leva les yeux de son assiette et me dit : « À New York, dans trois jours, je descends. »

J'en suis resté baba.

Vlam.

Un tableau, tu ne peux pas lui poser des questions. Mais Novecento, si. Je le laissai tranquille un moment puis je commençai à le tanner, je voulais comprendre pourquoi, il y avait forcément une raison, un type ne reste pas trente-deux ans sur un bateau et puis tout à coup un jour il descend, comme si de rien n'était, sans même dire pourquoi à son meilleur ami, sans rien lui dire du tout.

« Il y a quelque chose que je dois voir, là-bas, il me fait.

— Et c'est quoi ? » Il ne voulait pas me le dire, et ça peut se comprendre, d'ailleurs, parce que quand il le fit, ce fut pour me dire :

« La mer.

— La mer ?

— La mer. »

Ben voyons. T'aurais pu penser à tout sauf à ça. J'arrivais pas à le croire, peut-être qu'il voulait se payer ma tronche. Le coup du siècle.

« Ça fait trente-deux ans que tu la vois, la mer, Novecento.

— D'ici. Moi, je veux la voir de là-bas. C'est pas la même chose. »

Bon Dieu de bon Dieu. J'avais l'impression de parler avec un môme.

« Eh bien, d'accord. Tu attends qu'on soit arrivés au port, là tu te penches et tu la regardes bien. C'est la même chose.

— C'est pas la même chose.

— Et qui t'a raconté ça ? »

C'était un dénommé Baster qui le lui avait raconté, Lynn Baster. Un paysan. Un de ceux qui travaillent comme des mules pendant quarante ans et n'ont jamais rien vu d'autre que leur champ, et peut-être une ou deux fois la grande ville, à quelques lieues de là, les jours de foire. Sauf que ce paysan-là, la sécheresse lui avait tout pris, sa femme était partie avec un prédicateur quelconque, et ses mômes la fièvre les lui avait emportés, tous les deux. Le type né sous une bonne étoile, quoi. Alors un jour il avait pris ses affaires, et il s'était lancé à traverser toute l'Angleterre à pied, pour aller jusqu'à Londres. Mais comme les routes ça n'était pas son fort, au lieu d'arriver à Londres il s'était retrouvé dans un petit village au milieu de nulle part, un endroit où, si tu continuais à marcher, après deux virages, de l'autre côté de la colline, pour finir, tout à coup, tu voyais la mer. Lui, il ne l'avait jamais vue, la mer. Et ça l'avait foudroyé sur place. C'était ça qui l'avait sauvé, à l'en croire. Il disait : «C'est comme un hurlement géant mais qui ne s'arrêterait jamais de crier, et ce qu'il crie c'est : "bande de cocus, la vie c'est quelque chose d'immense, vous allez comprendre ça oui ou non ? Immense !"» Il n'y avait jamais pensé avant, ce Lynn Baster. Sans blague, ça ne lui était jamais arrivé de penser une chose pareille. À tel point que, dans sa tête, ce fut comme une révolution.

Peut-être que Novecento c'était pareil… peut-être que ça ne lui avait jamais traversé l'esprit, cette histoire-là, que la vie c'est quelque chose d'immense. Il s'en était douté, peut-être, mais personne jamais ne le lui avait crié aussi fort. Si bien que cette histoire de la mer et tout le reste, il se la fit raconter des milliers de fois par le dénommé Baster, et il finit par décider que lui aussi il devait essayer. Quand il se lança à m'expliquer la chose, il avait la tête du gars qui t'explique le fonctionnement du moteur à explosion : c'était scientifique.

«Je peux y rester encore des années sur ce

bateau sans que la mer me dise quoi que ce soit, à moi. Alors que là, je descends, je vis sur la terre et de la terre pendant quelques années, je deviens un type normal, et puis un jour je m'en vais, j'arrive sur une côte, n'importe laquelle, je lève les yeux, je regarde la mer : et elle, elle sera là, et je l'entendrai crier. »

Scientifique. La connerie la plus scientifique du siècle, ça me paraissait, à moi. J'aurais pu lui dire, mais je ne l'ai pas dit. Ce n'était pas si simple. Il faut dire que je l'aimais bien, Novecento, et j'avais bien envie qu'un jour ou l'autre il descende, et qu'il joue pour les gens de la terre, et qu'il se marie avec une femme sympathique, et qu'il ait des enfants, bref, toutes les choses de la vie, qui n'est peut-être pas immense mais bon, qui est belle, quand même, si t'as de la chance, un peu, et si t'as envie. Bref, cette histoire, ça me semblait un vrai attrape-couillon mais si ça pouvait aider Novecento à descendre, ça m'allait. Et je commençais même à penser que c'était une bonne chose, finalement. Je lui dis que son raisonnement était correct. Et que j'étais content, vraiment. Et que j'allais lui offrir mon manteau en poil de chameau, il aurait une sacrée allure là-dedans quand il descendrait la passerelle, avec ce manteau en poil de chameau. Lui, de son côté, il était quand même un peu ému :

« Mais toi, tu viendras me voir, hein ? sur la terre... »

Bon Dieu, je t'avais une pierre là dans la gorge, vraiment, comme une pierre, ça me tuait de l'entendre parler comme ça, je déteste les adieux, et je me suis mis à rire du mieux que je pouvais, assez mal d'ailleurs, et à lui dire que bien sûr j'irais le voir, et on ferait courir son chien dans les champs, et sa femme nous mettrait une dinde au four, et je ne sais plus quelles conneries encore, et lui, il riait, et moi je riais aussi, mais à l'intérieur on savait bien tous les deux que la vérité était différente, que la vérité c'était que tout serait fini, et qu'il n'y avait rien à y faire, ça devait arriver, et ça arrivait maintenant : Danny Boodmann T.D. Lemon Novecento allait descendre du *Virginian*, dans le port de New York, un jour de février. Après trente-deux années passées en mer, il allait descendre à terre, pour aller voir la mer.

(Commence une musique du genre vieille ballade. Le comédien disparaît dans l'obscurité, puis reparaît habillé comme Novecento en haut de la

passerelle d'un paquebot. Manteau en poil de chameau, chapeau, grande valise. Il reste là, quelques instants, immobile, dans le vent, regardant devant lui. Il regarde New York. Puis il descend la première marche, la deuxième, la troisième. À ce moment-là, brusquement, la musique s'interrompt et Novecento s'arrête net. Le comédien ôte son chapeau et se tourne vers le public.)

Ce fut à la troisième marche qu'il s'arrêta. Brusquement.

« Qu'est-ce qu'il y a ? T'as marché dans une merde ? » fit Neil O'Connor, un Irlandais qui ne comprenait foutre rien à rien mais que ça n'empêchait pas d'être de bonne humeur, toujours.

« Il a peut-être oublié quelque chose, j'ai dit.
— Et quoi donc ?
— Est-ce que je sais...
— Il a peut-être oublié pourquoi il descend.
— Dis pas des conneries. »

Et pendant ce temps-là, Novecento, immobile, un pied sur la deuxième marche et un pied sur la troisième. Il resta comme ça une éternité. Il regardait devant lui, comme s'il cherchait quelque chose. Et il finit par faire une chose bizarre. Il enleva son chapeau, passa la main par-dessus la rampe, et laissa tomber le chapeau. On aurait dit comme un oiseau fatigué, ou une omelette bleue avec des ailes. Il fit deux ou trois volutes dans les airs, et tomba dans la mer. Il flottait. C'était un oiseau, évidemment, pas une omelette. Quand on a relevé les yeux vers la passerelle, ça a été pour voir Novecento, avec son manteau en poil de chameau, *mon* manteau en poil de chameau, qui remontait ces deux marches, en tournant le dos au monde, avec un drôle de sourire sur le visage. En deux pas, il avait disparu à l'intérieur du navire.

« T'as vu ? le nouveau pianiste est arrivé, a dit Neil O'Connor.

— C'est le plus grand, paraît-il », j'ai répondu. Et je ne savais pas si j'étais triste, ou bien heureux à en mourir.

Ce qu'il avait vu, du haut de cette maudite troisième marche, il a pas voulu me le dire. Ce jour-là, et pendant les deux traversées qu'on a faites encore après, Novecento resta un peu bizarre, il parlait moins que d'habitude, et il avait l'air très occupé par une histoire à lui, personnelle. Nous, on ne posait aucune question. Lui, il faisait comme si de rien n'était. On voyait qu'il n'était pas tout à fait normal, mais bon, on n'avait pas envie d'aller l'interroger. Les choses continuèrent ainsi pendant quelques mois. Puis, un jour, Novecento entra dans ma cabine, et lentement, mais tout d'une traite, sans s'arrêter, me dit : « Merci pour le manteau, il m'allait drôlement bien, dommage, j'aurais eu une sacrée allure avec, mais ça va beaucoup mieux maintenant, c'est passé, tu ne dois pas t'imaginer que je suis malheureux : je ne le serai plus jamais. »

Quant à moi, je n'étais même pas certain qu'il l'ait jamais été, malheureux. Ce n'était pas une de ces personnes dont tu te demandes toujours est-ce qu'il est heureux, ce type-là. C'était Novecento, point. Il ne te faisait pas venir à l'esprit l'idée du bonheur, ou de la souffrance. Il avait l'air au-dessus de tout, il avait l'air intouchable. Lui, et sa musique : le reste, ça comptait pas.

« Tu ne dois pas t'imaginer que je suis malheureux : je ne le serai plus jamais. » Ça m'en a laissé baba, cette phrase. Il n'avait pas l'air du gars qui plaisante, en disant ça. L'air de celui qui sait très bien où il va. Et qui y arrivera. C'était comme quand il s'asseyait au piano et qu'il commençait à jouer, aucune hésitation dans ses mains, les touches semblaient les attendre depuis toujours, ces notes, comme si elles n'avaient existé que pour ces notes-là, et uniquement pour elles. On avait l'impression qu'il inventait dans l'instant : mais ces notes-là, quelque part dans sa tête, elles étaient écrites depuis toujours.

Je sais maintenant que ce jour-là Novecento avait décidé qu'il allait s'asseoir devant les touches blanches et noires de sa vie, et commencer à jouer une musique, absurde et géniale, compliquée mais superbe, la plus grande de toutes. Et danser sur cette musique ce qu'il lui resterait d'années. Et plus jamais être malheureux.

Moi, je suis descendu du *Virginian* le 21 août 1933. J'y étais monté six années plus tôt. Mais ça me paraissait une vie entière. Je n'en suis pas descendu pour un jour ou pour une semaine : j'en suis descendu pour toujours. Avec mes papiers de débarquement, mes arriérés de paie, tout. En règle. J'en avais fini avec l'Océan.

Je ne peux pas dire que je ne l'ai pas aimée,

cette vie-là. C'était une drôle de manière de faire coller les choses, mais ça fonctionnait. Sauf que je n'arrivais pas vraiment à penser que ça pouvait durer toujours. Si tu es marin, c'est différent, ta place est sur la mer, tu peux y rester jusqu'à ce que tu crèves, pas de problème. Mais un type qui joue de la trompette... Si tu joues de la trompette, sur la mer tu es un étranger, et tu le seras toujours. Que tu rentres chez toi tôt ou tard, c'est juste. Et tôt, c'est encore mieux, je me suis dit.

« Et tôt, c'est encore mieux », j'ai dit à Novecento. Et il a compris. On voyait bien qu'il n'avait aucune envie de me voir descendre cette passerelle, et en plus pour toujours, mais jamais il ne me le dit. Et c'était mieux comme ça. Le dernier soir, on était en train de jouer pour les habituels connards des premières, et le moment de mon solo arriva, je commençai donc à jouer, et après quelques notes j'entends le piano qui s'en vient avec moi, tout bas, avec douceur, mais il jouait avec moi. On continua comme ça tous les deux, et moi, bon Dieu, je jouais du mieux que je pouvais, pas tout à fait Louis Armstrong mais vraiment je jouais bien, avec Novecento derrière moi qui me suivait partout, comme lui seul savait le faire. Les autres nous ont laissés continuer un petit bout de temps, ma trompette et son piano, pour la dernière fois, à nous dire toutes les choses qu'on peut jamais se dire, avec les mots. Autour de nous les gens continuaient à danser, ils ne s'étaient aperçus de rien, ils ne pouvaient pas s'en apercevoir, ils ne savaient rien de tout ça, ils continuaient à danser comme si de rien n'était. Peut-être qu'un type a juste dit à un autre : « T'as vu celui qui est à la trompette, c'est rigolo, il doit être saoul, ou alors il a un grain. Regarde-le, celui qui est à la trompette : il joue, et pendant ce temps, il pleure. »

Ce qui s'est passé après, une fois débarqué, c'est une autre histoire. J'aurais peut-être pu faire quelque chose de bien si cette fichue guerre n'était pas venue se mettre en travers, ça aussi. Ça a tout compliqué, on ne savait plus où on en était. Il fallait avoir un sacré cerveau, pour s'y retrouver. Il fallait avoir des qualités que moi, je n'avais pas. Moi, je savais jouer de la trompette. C'est étonnant à quel point ça peut être inutile, quand la guerre est là. Collée à tes basques. À pas vouloir te lâcher.

Bref, pour ce qui est du *Virginian* et de Novecento, je n'en ai plus entendu parler, pendant des années. Ce n'est pas que j'avais oublié, j'ai continué, toujours, à me souvenir de lui, et je me demandais sans cesse : «Qu'est-ce qu'il ferait, Novecento, s'il était là, qu'est-ce qu'il dirait, "au cul la guerre" il dirait», mais quand c'était moi qui le disais, ça faisait pas pareil. Ça allait tellement mal que, par moments, je fermais les yeux et je repartais là-bas, en troisième classe, à écouter les émigrants chanter l'opéra, et Novecento jouer on ne sait quelle musique, ses mains, sa tête, et l'Océan autour. Par l'imagination j'y allais, et par les souvenirs, c'est tout ce qu'il te reste quelquefois, pour sauver ta peau, quand t'as plus rien. C'est un truc de pauvre, mais ça marche toujours.

Bref, tout ça c'était une histoire terminée. Qui avait vraiment l'air terminée. Et puis, un jour, je reçois une lettre, écrite par Neil O'Connor, l'Irlandais qui n'arrêtait jamais de plaisanter. Mais cette fois, c'était une lettre sérieuse. Elle disait que le *Virginian* était rentré de la guerre tout déglingué, il avait servi d'hôpital flottant, et il était dans un tel état à la fin qu'ils avaient décidé de le couler. Ils avaient débarqué à Plymouth le peu d'équipage qui restait, ils avaient bourré le bateau de dynamite et un jour ou l'autre ils l'emmèneraient au large pour s'en débarrasser : boum, et on n'en parle plus. Après, il y avait un post-scriptum ; il disait : « T'aurais pas cent dollars ? Je te jure que je te les rendrai. » Et encore après, un autre post-scriptum : il disait : « Novecento est pas descendu. »

J'ai retourné la lettre dans tous les sens pendant des jours. Puis j'ai pris le train qui allait à Plymouth, je suis allé jusqu'au port, j'ai cherché le *Virginian*, je l'ai trouvé, j'ai donné un peu de fric aux gardiens qui étaient là, je suis monté sur le bateau, je l'ai parcouru d'un bout à l'autre, je suis descendu jusqu'à la salle des machines, je me suis assis sur une caisse qui avait l'air d'être bourrée de dynamite, j'ai ôté mon chapeau, je l'ai posé par terre, et je suis resté là, en silence, sans savoir quoi dire /

... Là, immobile, à le regarder, lui là immobile qui me regardait /

Dynamite aussi sous ses fesses, dynamite partout /

Danny Boodmann T.D. Lemon Novecento /

À croire qu'il le savait, que j'allais venir, comme il savait toujours les notes que t'allais jouer et... /

Avec cette tête vieillie, mais d'une belle façon, sans fatigue /

Pas une lumière, sur le bateau, sauf celle qui filtrait de l'extérieur, dieu sait comment elle était, la nuit /

Les mains blanches, la veste bien boutonnée, les souliers brillants /

Il était pas descendu, lui /

Dans la pénombre, on aurait dit un prince /

Il était pas descendu, il allait sauter avec le reste, au milieu de la mer /

Le grand final, avec tous les gens qui regardent, au bout du quai et sur le rivage, le grand feu d'artifice, adieu tout le monde, le rideau tombe, flammes, fumée, et grande vague à la fin /

Danny Boodmann T.D. Lemon /

Novecento /

Sur ce navire englouti par l'obscurité, mon dernier souvenir de lui, c'est une voix, juste une voix, adagio, qui parle /

/

/

/

/

/

(Le comédien devient Novecento.)
/
/
/
/
/
Toute cette ville... on n'en voyait pas la fin... /

Hep, la fin, s'il vous plaît, on voudrait voir la fin ! /

Et ce bruit /

Sur cette maudite passerelle... c'était très beau, tout ça... et moi j'étais grand, avec ce manteau, j'avais une sacrée allure, et bien sûr, j'allais descendre, c'était garanti, pas de problème /

Avec mon chapeau bleu /

Première marche, deuxième marche, troisième marche /

Première marche, deuxième marche, troisième marche /

Première marche, deuxième /

Ce n'est pas ce que j'ai vu qui m'a arrêté /

C'est ce que *je n'ai pas vu* /

Tu peux comprendre ça, mon frère ? *C'est ce que je n'ai pas vu...* je l'ai cherché mais ça n'y était pas, dans toute cette ville immense il y avait tout sauf /

Il y avait tout /

Mais *de fin*, il n'y en avait pas. Ce que je n'ai pas vu, c'est où ça finissait, tout ça. La fin du monde /

Imagine, maintenant : un piano. Les touches ont un début. Et les touches ont une fin. Toi, tu sais qu'il y en a quatre-vingt-huit, là-dessus personne peut te rouler. Elles sont pas infinies, elles. Mais *toi*, tu es infini, et sur ces touches, la musique que tu peux jouer elle est infinie. Elles, elles sont quatre-vingt-huit. *Toi*, tu es infini. Voilà ce qui me plaît. Ça, c'est quelque chose qu'on peut vivre. Mais si tu /

Mais si je monte sur cette passerelle, et que devant moi /

Mais si je monte sur cette passerelle et que devant moi se déroule un clavier de millions de touches, des millions, des millions et des milliards /

Des millions et des milliards de touches, qui ne finissent jamais, c'est la vérité vraie qu'elles ne finissent jamais, et ce clavier-là, il est infini /

Et si ce clavier est infini, alors /

Sur ce clavier-là, il n'y a aucune musique que

tu puisses jouer. Tu n'es pas assis sur le bon tabouret : ce piano-là, c'est Dieu qui y joue /

Nom d'un chien, mais tu les as seulement vues, ces rues ?

Rien qu'en rues, il y en avait des milliers, comment vous faites là-bas pour en choisir une /

Pour choisir une femme /

Une maison, une terre qui soit la vôtre, un paysage à regarder, une manière de mourir /

Tout ce monde, là /

Ce monde collé à toi, et tu ne sais même pas où il finit /

Jusqu'où il y en a /

Vous n'avez jamais peur, vous, d'exploser, rien que d'y penser, à toute cette énormité, rien que d'y penser ? D'y vivre... /

Moi, j'y suis né, sur ce bateau. Et le monde y passait, mais par deux mille personnes à la fois. Et des désirs, il y en avait aussi, mais pas plus que ce qui pouvait tenir entre la proue et la poupe. Tu jouais ton bonheur, sur un clavier qui n'était pas infini.

C'est ça que j'ai appris, moi. La terre, c'est un bateau trop grand pour moi. C'est un trop long voyage. Une femme trop belle. Un parfum trop fort. Une musique que je ne sais pas jouer. Pardonnez-moi. Mais je ne descendrai pas. Laissez-moi revenir en arrière.

S'il vous plaît /

/

/

/

/

Et maintenant, essaie de comprendre, mon frère. Essaie de comprendre, si tu peux /

Avec tout ce monde dans les yeux /

Terrible mais beau /

Trop beau /

Et la peur qui me ramenait en arrière /

Le bateau, encore et toujours /

Un petit bateau /

Ce monde dans les yeux, toutes les nuits, à nouveau /

Les fantômes /

Tu peux en mourir si tu les laisses faire /

L'envie de descendre /

La peur de le faire /

À force tu deviens fou /

Fou /

Il faut que tu fasses quelque chose, et c'est ce que j'ai fait /

J'ai commencé par l'imaginer /

Et après je l'ai fait /
Chaque jour pendant des années /
Douze années /
Des milliards d'instants /
Un geste invisible, et très lent. /

Moi qui n'avais pas été capable de descendre de ce bateau, pour me sauver moi-même, je suis descendu de ma vie. Marche après marche. Et chaque marche était un désir. À chaque pas, un désir auquel je disais adieu.

Je ne suis pas fou, mon frère. On n'est pas fou quand on trouve un système qui vous sauve. On est rusé comme l'animal qui a faim. La folie, ça n'a rien à voir. C'est le génie, ça. La géométrie. La perfection. Les désirs déchiraient mon âme. J'aurais pu les vivre, mais j'y suis pas arrivé.

Alors je les ai *ensorcelés*.

Et je les ai laissés l'un après l'autre derrière moi. De la géométrie. Un travail parfait. Toutes les femmes du monde, je les ai ensorcelées en jouant une nuit entière pour *une* femme, *une*, la peau transparente, des mains sans un seul bijou, des jambes fines, elle balançait sa tête au son de ma musique, sans sourire, sans baisser les yeux, jamais, une nuit entière, et quand elle s'est levée ce n'est pas elle qui est sortie de ma vie, c'étaient toutes les femmes du monde. Le père que je ne serai jamais, je l'ai ensorcelé en regardant un enfant mourir, pendant des jours entiers, assis auprès de lui, sans rien perdre de ce spectacle effroyablement beau, je voulais être la dernière vision qu'il aurait au monde, et quand il s'en est allé, en me regardant dans les yeux, ce n'est pas lui qui est parti mais tous les enfants que je n'ai jamais eus. La terre qui était la mienne, quelque part dans le monde, je l'ai ensorcelée en écoutant chanter un homme qui venait du Nord, et en l'écoutant tu voyais tout, tu voyais la vallée, les montagnes autour, la rivière qui descendait, doucement, la neige l'hiver, les loups dans la nuit, et quand cet homme a eu fini de chanter, alors ma terre, où qu'elle se trouve, a été finie à jamais. Les amis que j'ai désiré avoir, je les ai ensorcelés en jouant pour toi et avec toi, ce soir-là, et dans l'expression de ton visage, dans tes yeux, je les ai vus tous, mes amis bien-aimés, quand tu es parti, ils s'en sont allés avec toi. J'ai dit adieu à l'émerveillement quand j'ai vu les icebergs géants de la mer du Nord s'écrouler, vaincus par la chaleur, j'ai dit adieu aux miracles quand j'ai vu rire ces hommes que la guerre avait démolis, j'ai dit adieu à la colère quand j'ai vu ce bateau qu'on bourrait de dynamite, j'ai dit adieu à la musique, à ma musique, le jour où je suis arrivé à la jouer tout entière dans une seule note d'un seul instant, et j'ai dit adieu à la joie, en l'ensorcelant elle aussi, quand je t'ai vu entrer ici. Ce n'est pas de la folie, mon frère. C'est de la géométrie. C'est un travail d'orfèvre. J'ai désarmé le malheur. J'ai désenfilé ma vie de mes désirs. Si tu pouvais remonter ma route, tu les y trouverais, les uns après les autres, ensorcelés, immobiles, arrêtés là pour toujours, jalonnant le parcours de cet étrange voyage que je n'ai jamais raconté à personne sauf à toi /

/

/

(Novecento s'éloigne vers les coulisses.)

/

/

/

(Il s'arrête, se retourne.)

Je la vois déjà, la scène, à l'arrivée là-haut, avec le gars qui cherche mon nom sur la liste et qui ne le trouve pas.

«Comment avez-vous dit que vous vous appeliez?

— Novecento.

81

— Nosjinsky, Notabarbolo, Novalis, Novak...

— C'est parce que je suis né sur un bateau.

— Plaît-il?

— Je suis né sur un bateau, et j'y suis mort, d'ailleurs, c'est peut-être marqué quelque part...

— Naufrage?

— Non. Sauté en l'air. Six quintaux et demi de dynamite. Boum.

— Ah. Et tout va bien, maintenant?

— Oui, oui, très bien... enfin, il y a juste cette histoire de bras... un bras qui a disparu... mais on m'a assuré que...

— Il vous manque un bras?

— Oui. C'est dans l'explosion...

— On doit en avoir un ou deux par là... C'est lequel?

— Le gauche.

— Aïe-aïe-aïe.

— Qu'est-ce qu'il y a?

— J'ai bien peur qu'on n'ait que deux droits, vous savez...

— Deux bras droits?

— Eh. Ça vous ferait problème, en cas, si...

— Si quoi?

— Je veux dire, si vous preniez un bras droit...

82

— Un bras droit à la place du bras gauche?

— Oui.

— Ben... non, tout compte fait, mieux vaut un droit que rien du tout...

— C'est ce que je pense aussi. Attendez un instant, je vais vous le chercher.

— Si jamais je repassais dans quelques jours, et que vous en ayez reçu un gauche...

— Zut, j'ai un blanc et un noir...

— Non non, la même teinte... Ce n'est pas que j'aie quelque chose contre les nègres, hein, mais c'est juste que...

La poisse. Toute une éternité là-haut, au Paradis, avec deux mains droites. *(D'une voix nasale.)* Allez, maintenant on va faire un beau signe de croix! *(Il commence à le faire mais s'arrête. Il regarde ses mains.)* Tu ne sais jamais laquelle utiliser. *(Il hésite un instant, puis fait un rapide signe de croix avec les deux mains.)* Toute une éternité, des millions d'années, à passer pour un débile. *(Il refait le signe de croix à deux mains.)* L'enfer. Au Paradis. Pas de quoi rire. *(Il se tourne vers les coulisses, s'arrête un pas avant de sortir, se tourne de nouveau vers le public : il a les yeux qui brillent.)*

Bien sûr... mais quand même, tu imagines,

cette musique?... avec ces mains-là, avec deux mains droites, deux... évidemment, à condition qu'il y ait un piano...

(Il redevient sérieux.)

C'est de la dynamite que tu as sous les fesses, mon frère. Lève-toi de là et va-t'en. C'est fini. C'est fini pour de bon, cette fois. »

(Il sort.)

FIN

Toutes les musiques du monde

Au printemps de 1991, dans le ciel de l'édition italienne, apparaissait une planète nommée Baricco. Quelques-uns, peut-être, connaissaient déjà ce nom pour avoir lu trois ans plus tôt Il Genio in fuga (Le Génie en fuite), *brillant essai sur la musique de Rossini, ou des articles de musicologie ici et là dans la presse.*

Mais Castelli di rabbia, *premier roman de ce critique musical qui avait alors trente-trois ans (*Châteaux de la colère, *prix Médicis Étranger 1995), ne ressemblait à rien de ce qui se publiait alors. Dans le panorama littéraire italien, occupé par le témoignage personnel ou la revisitation d'un passé local, se ressentaient encore les effets d'une glaciation survenue dans les années soixante-dix : la nouvelle génération d'écrivains ne croyait plus au roman, et bien rares étaient ceux et celles qui*

85

écrivaient pour le simple plaisir de raconter des histoires. *Et ces* Châteaux de la colère, *roman foisonnant, à la fois baroque et tonique, petite galaxie d'histoires de personnages farfelus et attachants dont chacun laissait derrière lui un sillage lumineux, rencontra très vite le succès, d'abord critique, puis public. Ce sont les jeunes générations, en particulier, qui allaient faire de Baricco, notamment après la sortie en 1993 de son second roman,* Oceano mare *(Océan mer, 1997) un de leurs auteurs-culte.*

Lorsque, en 1993, la télévision italienne lui demanda d'animer une émission littéraire, Pickwick, *l'image de Baricco devint familière à toute l'Italie : chacun des livres dont il était question ces soirs-là, qu'il s'agisse de* L'Attrape-Cœurs *de J. D. Salinger, des monuments de la littérature mondiale ou d'un roman tout juste paru, était dès le lendemain acheté par des milliers de lecteurs pressés de retrouver entre leurs pages la magie que Baricco leur avait fait entrevoir.*

Pour la parution de son troisième roman, Seta *(Soie, 1997), Baricco qui, après l'arrivée de Berlusconi, avait décidé de mettre un terme à son travail télévisuel, choisit un mode de présentation inédit, celui de la lecture publique. Dans un* théâtre de Rome, au milieu d'un décor composé d'une chaise et d'une carafe d'eau, une jeune comédienne lut dans son intégralité ce court roman (une centaine de pages d'une écriture simple et savante, aussi fine et précise que la facture d'un bijou). Pris sous le charme du texte, le public, composé en grande partie de jeunes, mais aussi de quelques écrivains et quelques critiques, réserva un accueil chaleureux au livre et l'on se bouscula devant l'entrée des artistes pour rencontrer l'auteur. Mais celui-ci, insouciant, était déjà parti, vêtu de son éternel jean, son sac à dos jeté sur l'épaule.

Qu'on ne s'y méprenne pas : si Baricco est en Italie une star, s'il y a autour de lui une légende, à l'égal des chanteurs de rock dont l'aura fascine les « groupies », il est d'abord et avant tout un écrivain, un de ceux qui compteront dans les décennies à venir.

Sa richesse d'écriture, son talent multiforme peuvent évoquer les explorations stylistiques d'un Gadda ; son sens du burlesque, la finesse et la délicatesse de son humour, joints à une profonde tendresse pour tous ses personnages, le rendent frère d'un Italo Calvino.

Mais ce qui n'appartient qu'à lui, c'est l'étonnant mariage entre la jubilation de l'écriture, la

joie d'être au monde et de le chanter, et le senti-
ment prégnant d'une fatalité, d'un destin. Un
destin qui, par quelque signe invisible, a écrit
d'avance chacune de nos vies, et qui fera feu de
tous bois pour s'accomplir. Un certain « désespoir »
traverse peut-être, vif et léger, les livres de Baricco.
Mais c'est que la vie humaine est finie, délimitée,
quand le monde, lui, est immense, infini, mer-
veilleux et terrible. Et de cette multiplicité infinie
du monde, aucun texte jamais, aucune musique,
ne pourra rendre compte.

FRANÇOISE BRUN

DU MÊME AUTEUR

Aux Éditions Albin Michel

CITY, 2000 (Folio n° 3571)

L'ÂME D'HEGEL ET LES VACHES DU WISCONSIN, 1999

OCÉAN MER, 1998 (à paraître en Folio)

SOIE, 1997 (Folio n° 3570)

CHÂTEAUX DE LA COLÈRE, 1995 (à paraître en Folio)

Aux Éditions Calmann-Lévy

CONSTELLATIONS, 1999 (à paraître en Folio)

Aux Éditions Mille et une nuits

NOVECENTO : PIANISTE, 2000 (Folio n° 3634)

Impression Bussière à Saint-Amand (Cher),
le 13 janvier 2002.
Dépôt légal : janvier 2002.
Numéro d'imprimeur : 16719.

ISBN 2-07-041987-8./Imprimé en France.